Collection de feu M. V1...

OBJETS D'ART

ET

DE CURIOSITÉ

EXPOSITION PUBLIQUE : Le Jeudi 10 Février 1876.

Mᵉ CHARLES PILLET,	M. BAGUE,
COMMISSAIRE-PRISEUR,	EXPERT,
10, rue de la Grange-Batelière.	64, boulevard de Courcelles.

CATALOGUE

DES

OBJETS D'ART

ET

DE CURIOSITÉ

Meubles — Sièges — Statuettes diverses — Vierges
Bois sculptés — Cadres — Glaces — Bronzes — Pendules — Livres
Tableaux — Objets divers — Étoffes de velours — Modèles de cuivre

COMPOSANT

La Collection de feu M. VITEL

DONT LA VENTE AURA LIEU

HOTEL DROUOT, SALLE N° 3

Les Vendredi 11 et Samedi 12 Février 1876,

A DEUX HEURES.

Par le ministère de Mᵉ CHARLES PILLET, Commissaire-Priseur,
10, rue de la Grange-Batelière ;

Assisté de M. BAGUE, expert, 64, boulevard de Courcelles,

Chez lesquels se trouve le présent catalogue.

EXPOSITION PUBLIQUE : Le Jeudi 10 Février 1876,

DE UNE HEURE A CINQ HEURES.

CONDITIONS DE LA VENTE

Elle sera faite au comptant.

Les adjudicataires payeront *cinq pour cent* en sus des enchères

L'exposition mettant le public à même de se rendre compte de l'état des objets, il ne sera admis aucune réclamation une fois l'adjudication prononcée.

Paris. — Impr. Pillet fils aîné, rue des Grands-Augustins, 5.

DÉSIGNATION DES OBJETS

MEUBLES

1 — Haut de meuble en bois de noyer sculpté de l'époque de Henri II, fermé par deux portes. Un médaillon ovale avec figure en pied est au milieu de chaque porte. Les cadres et moulures de ce meuble sont très-finement sculptés. Haut., 1 m. 12 cent.; larg., 90 cent.

2 — Petit cabinet en bois d'ébène incrusté d'ivoire, fermant à deux portes qui sont à deux parments. Intérieur avec tiroirs portant chacun une large plaque d'ivoire gravée d'ornements. Ce cabinet, qui est un travail italien du XVIᵉ siècle, est garni de cuivres argentés. Haut. 45 cent.; larg., 62 cent.

3 — Petit cabinet en bois d'ébène avec cariatides d'angle sculptés. Intérieure avec tiroirs garnis de plaques, estampe en métal blanc. Haut., 32 cent.; larg., 30 cent.

4 — Petit meuble dit évangelières'accrochant en genre de bibliothèque, en chêne très-finement sculpté, fermant à deux portes et muni de tiroirs à l'intérieur. Les moulures de ce meuble, qui est de l'époque de Louis XIV, sont très-fines d'exécution. Haut., 95 cent.; larg., 52 cent.

5 — Fragments complets d'un haut de très-belle crédence en noyer, d'une sculpture remarquable de l'époque de Louis XII, se composant de deux portes avec figures encadrées d'une riche architecture, de deux têtes de tiroirs à mascarons entourés d'ornements, de quatre colonnes et de quatre panneaux de côté avec ornements sculptés et enfin de deux autres panneaux de côté avec figures.

6 — Un guéridon en bois de chêne sculpté rehaussé d'or, avec balustre à ornements et mascarons, monté sur trois patins. Style Louis XIII. Haut., 89 cent.; diam. du plateau, 35 cent.

7 — Deux très-beaux guéridons en bois de noyer sculpté, rehaussé d'or. Chaque plateau carré et tournant est monté sur balustre et patins très-riches. Travail de genre italien et du style de la renaissance. Haut., 76 cent.; larg. du plateau, 70 cent.

8 — Petit meuble sculpté, garni de six tiroirs. Style renaissance. Haut., 60 cent.; larg., 60 cent.

SIÈGES

9 — Deux très-beaux escabeaux en noyer sculpté, haut relief. Travail italien de l'époque de Louis XIII.

10 — Un fauteuil bas en noyer sculpté, rehaussé d'or, garni de velours rouge avec clous en cuivre estampé et doré. Style renaissance.

11 — Un fauteuil en chêne sculpté, rehaussé d'or avec pieds à profils carrés, garni de basane ornementée. Style renaissance.

12 — Un grand fauteuil italien en noyer sculpté et doré, sans garniture.

13 — Une petite chaise en noyer sculpté rehaussé d'or, garnie de basane enrichie d'ornements dorés et de couleur. Style renaissance.

14 — Une petite chaise en chêne sculpté rehaussé d'or, avec siége en bois et dossier à balustres.

15 — Deux chaises en bois de noyer sculpté. Style gothique du XVe siècle.

16 — Deux chaises en noyer sculpté à grand dossier et du même style.

17 — Quatre chaises en noyer sculpté avec pieds à tête de
lion. Travail belge.

18 — Deux pliants en noyer sculpté rehaussé d'or, dits
chaises hollandaises. Sans garniture.

19 — Une chaise en bois noir avec incrustations d'ivoire
gravé, sans garniture. Travail vénitien.

20 — Deux chaises en noyer sculpté avec frontons, sans
garniture.

21 — Trois petites chaises en noyer, torse, sans garniture.

22 — Deux chaises en noyer, style Louis XIII, sans garniture.

23 — Une chaise en noyer sculpté à grand dossier, de
même style et sans garniture.

24 — Cinq petites chaises en noyer sculpté, avec frontons
à dauphins, sans garniture.

25 — Une chaise dite prie-Dieu, bois noir à dossier sculpté,
sans garniture.

26 — Un grand fauteuil Louis XIII, sans garniture.

27 — Deux petites chaises Louis XIII, avec pieds et frontons sculptés, sans garniture.

28 — Une chaise en noyer, style Louis XIII, avec pieds et
frontons sculptés, sans garniture.

29 — Deux chaises à grand dossier, avec pieds et frontons
sculptés, sans garniture.

30 — Une chaise en noyer, avec dossier et siége en bois.
Style Louis XIII.

31 — Une petite chaise en chêne, avec dossier à balustres.
Style Louis XII.

32 — Une semblable à la précédente.

33 — Une petite chaise d'enfant en noyer, à dossier sculpté,
style Louis XIII, sans garniture.

34 — Treize chaises en bois noir gravé, avec ornements d'or, sans garniture. Genre de travail vénitien.
Ce lot sera divisé.

35 — Une chaise semblable aux précédentes et garnie de
velours noir enrichi d'ornements brodés d'or et de
couleur.

36 — Un petit fauteuil Louis XIII, avec bras et dossier
sculptés.

37 — Une chaise à grand dossier sculpté, style Louis XIII.

STATUETTES & VIERGES

38 — Un saint évangéliste en buis. Haut., 20 cent.

39 — Un saint Jean et une Madeleine. Sculpture d'une finesse remarquable. Haut., 30 cent.

40 — Une Vierge en noyer peint. Haut., 40 cent.

41 — Une statuette en buis représentant un *Ecce homo*. Haut., 20 cent.

42 — Une Vierge en noyer. Haut., 60 cent.

43 — Très-beau groupe en chêne de haut relief, représentant sainte Anne, la Vierge et l'Enfant. Haut., 65 c.

44 — Une Vierge assise, en bois de chêne. Haut., 30 cent.

45 — Une Vierge en noyer, bois peint et doré. Haut., 62 c.

46 — Une Vierge en noyer, bois peint, avec son socle. Haut., 45 cent.

47 — Une Vierge en chêne. Haut., 34 cent.

48 — Un fragment de groupe religieux en bois de chêne. Haut., 36 cent.

49 — Un groupe représentant sainte Anne, la Vierge et l'Enfant. Haut., 46 cent.

50 — Une Vierge gothique en bois de chêne. Haut., 30 c.

51 — Une Vierge et l'Enfant Jésus, en bois doré, d'un modelage très-fin. Époque Louis XIV. Haut., 40 cent.

52 — Un très-beau groupe sculpté de haut relief très-fin, en bois doré avec brunis, représentant sainte Anne, la Vierge et l'Enfant Jésus. Haut., 22 cent.; larg., 22 c.

53 — Deux petits anges en bois doré.

54 — Un très-joli enfant en ivoire sculpté. Haut., 14 cent.

55 — Un gobelet en ivoire représentant cinq figures en pied, très-finement sculptées, gobelet en argent à l'intérieur. Haut., 10 cent.

56 — Petit ivoire très-fin. Médaillon représentant saint Michel terrassant le démon. Diam., 4 cent.

BOIS SCULPTÉS

57 — Un coffret en chêne, sculpté des quatre faces, avec clochetons aux angles, petit coffre et tiroir à l'intérieur. Style gothique du xvᵉ siècle. Haut., 25 cent.; larg. 40 cent.

58 — Un autre en chêne sculpté, ayant les mêmes dimensions et le même style que le précédent.

59 — Un troisième en poirier, également sculpté, et semblable aux deux premiers pour la forme et le style.

60 — Un panneau en noyer très-finement sculpté du XVIe siècle. Figures et ornements. Haut., 45 cent.; larg., 65 cent.

61 — Deux diptyques en chêne sculpté, avec Vierges à l'intérieur (style gothique). Haut., 70 cent.

62 — Quatre portes de haut de crédence, à grosses têtes, de l'époque de la Renaissance.

63 — Quatre autres portes de haut de crédence, de l'époque de Louis XIII.

64 — Deux portes de haut de crédence et deux têtes de tiroir. Style Renaissance.

65 — Deux panneaux en chêne, de l'époque de la Renaissance. Ornements très-finement sculptés. Haut., 70 c.; larg., 22 cent.

66 — Huit beaux panneaux gothiques en chêne.

67 — Un panneau en chêne sculpté, de l'époque de la Renaissance. Figure représentant l'Assomption.

68 — Deux beaux panneaux flamands en chêne sculpté, formant chacun médaillon, représentant un amour, avec ornements de haut relief. Haut., 30 c.; larg., 25 c.

69 — Une frise en chêne sculpté, de l'époque de Louis XIV. Long., 90 cent.

70 — Un très-bel écusson en noyer, de l'époque de Louis XIV. Travail italien très-remarquable par sa composition et la finesse de la sculpture des figures allégoriques. Cet écusson est aux armes du duc de Longueville, grand amiral de France. Haut., 42 cent.; larg., 40 cent.

71 — Deux beaux panneaux en chêne sculpté de haut relief, de l'époque de la Renaissance. Figures allégoriques représentant des fleuves. Long., 47 cent.; larg., 22 cent.

72 — Quatorze beaux panneaux gothiques en chêne, de l'époque du xv° siècle.

73 — Un panneau gothique. Haut., 60 cent. sur 28 cent.

74 — Un lot de vingt panneaux également gothiques. Portes et panneaux de crédence.

75 — Deux colonnes en noyer sculpté, de l'époque de la Renaissance. Ornements et figures. Haut., 50 cent.

76 — Un groupe en chêne représentant les Saintes
Femmes.

77 — Une très-belle frise en noyer sculpté, de l'époque de
la Renaissance. Travail italien des plus remarquables
par la finesse des ornements et des figures. Long.,
2 mèt. 60 cent., sur 25 cent.

78 — Un petit médaillon en chêne représentant un évangéliste.

79 — Un petit retable gothique en bois doré, sans figures
ni volets. Haut., 70 cent.; larg., 40 cent.

80 — Deux anges en bois de chêne, soutenant un fragment de couronne, et un ange musicien.

81 — Plusieurs panneaux sculptés.

82 — Un lot de fragments de bois sculpté, se composant
de statuettes, de clochetons et d'ornements.

83 — Deux panneaux en noyer avec figures et sujets, représentant le triomphe de César. Une frise et deux
mascarons provenant d'un coffre italien. Sculpture
rehaussée d'or.

84 — Un grand panneau, de l'époque de François Ier, avec
figures, représentant différentes scènes de la Passion.
Haut relief.

85 — Un panneau en noyer sculpté. Style gothique du
xvᵉ siècle. Haut., 65 cent.

86 — Un panneau en chêne composé de deux groupes religieux, représentant l'Annonciation, sainte Anne et la
Vierge.

87 — Un petit panneau en chêne, représentant une tête
romaine couronnée.

88 — Une grande Vierge en noyer de l'époque de
Louis XII. Haut., 1 m. 25 cent.

89 — Deux panneaux de l'époque de Louis XIV. Parties
supérieures très-finement sculptées.

90 — Trois modèles de chaises en noyer avec dossiers et
traverses, représentant des enfants et des ornements.

91 — Un fragment de retable en chêne de l'époque de
Louis XII. Long., 1 m. 80 cent.

92 — Un autre fragment de retable, en chêne.

93 — Haut de crosse en chêne sculpté, bois doré.

94 — Un groupe en chêne, représentant l'Annonciation.

95 — Un lot de petites et moyennes consoles en bois
sculpté, rehaussé d'or, dont 12 en chêne et 14 en
noyer. Ce lot peut être divisé.

96 — Deux grosses colonnes en chêne, avec leurs chapiteaux et bases. Haut., 95 cent.

CADRES EN BOIS DORÉ, EBÈNES

GLACES

97 — Miroir ayant pour cadre une applique en cuivre estampé, découpée en médaillons encadrant des peintures.
Haut., 48 cent.; larg., 55 cent.

98 — Un cadre en chêne sculpté, rehaussé d'or, avec glace
de Venise gravée. Haut., 36 cent.; larg., 33 cent.

99 — Un beau cadre en noyer, rehaussé d'or, décoré d'ornements de couleur. Style renaissance. Haut., 32 cent.;
larg., 28 cent.

100 — Deux cadres en noyer sculpté, rehaussé d'or. Style
renaissance. Haut., 35 et 23 cent.

101 — Deux cadres en ébène, à moulures très-fines, garnis
de cuivre. L'un d'eux est orné d'une frise sculptée de
l'époque de la renaissance. Haut. de l'un, 38 cent.;
larg., 37 cent. Haut. de l'autre, 34 cent.; larg.,
30 cent.

102 — Un très-beau cadre en noyer rehaussé d'or, avec
fronton et pendentif. Glace à biseaux de l'époque de la
renaissance. Haut., 85 cent.; larg., 40 cent.

103 — Deux petits cadres en bois sculpté et doré de l'époque de Louis XIV. Haut., 40 cent.; larg., 32 cent.

104 — Un cadre italien en bois doré, de l'époque de la renaissance, avec peinture sur bois. Haut., 42 cent.; larg., 28 cent.

105 — Deux cadres italiens en bois doré et sculpté, de l'époque de la renaissance. L'un est rond, l'autre carré. Haut. de l'un, 50 cent.; larg., 45 cent. Diamèt. de l'autre, 50 cent.

106 — Deux cadres en ébène, à moulures guillochées. Haut., 40 cent.; larg., 24 cent.

107 — Un très-beau cadre en bois sculpté, rehaussé d'or, avec nielles et ornements dorés et de couleur. Travail très-fin du style de la renaissance. La glace est un verre noir de Venise. Haut., 30 cent.; larg., 24 cent.

108 — Un très-beau cadre italien en noyer sculpté, rehaussé d'or, de l'époque de la renaissance. Haut., 110 cent.; larg., 60 cent.

109 — Petit cadre en noyer sculpté, rehaussé d'or, avec faïence émaillée, représentant un saint Sébastien. Haut., 30 cent.; larg., 20 cent.

110 — Deux cadres ronds italiens, eu bois doré. Diamèt., 44 et 28 cent.

111 — Quatre cadres sculptés, rehaussés d'or. Diamèt.,
32 cent.

112 — Un lot de huit petits cadres, modèles divers.

BRONZES

APPLIQUES ESTAMPÉES ET CLOUS FONDUS

113 — Deux chandeliers de l'époque du xv⁰ siècle, représentant l'un un auge, et l'autre un lion. Haut.,
25 cent.

114 — Deux bustes montés sur socles, représentant
Louis XIII.

115 — Trois canons de soufflet, style renaissance.

116 — Deux divinités indiennes, bronze ancien.

117 — Deux christs gothiques.

118 — Très-belle guirlande en cuivre doré, de l'époque de
Louis XVI (ciselure attribuée à Gouttière).

119 — Très-joli petit fermoir de ceinture, en cuivre doré,
de l'époque de Louis XV.

120 — Deux petits guerriers, en cuivre doré (bronzes anciens).

121 — Deux groupes d'enfants montés sur socles (bronzes ciselés).

122 — Deux enfants, bronzes italiens dorés, anciens.

123 — Deux femmes nues, bronzes dorés.

124 — Très-beau bronze italien, doré, ancien.

125 -- Une statuette, bronze doré ancien.

126 — Une statuette, figure de femme, bronze italien doré, ancien.

127 — Une statuette pareille à la précédente.

128 — Une paire de très-beaux chapiteaux corinthiens, en cuivre doré ancien, avec leurs bases.

129 — Un lot de cuivres, modèles en partie dorés, représentant des figures, des chapiteaux et des ornements.

130 — Un lot de bronzes, modèles bruts se composant de chutes, de canons de soufflets, de moulures et d'ornements.

131 — Un lot de plaques-appliques, estampées à jour, en cuivre doré ancien, de l'époque de la renaissance, pour garniture de coffres et siéges.

132 — Différents modèles et grandeurs de clous au nombre de 1020 ; 550 clous de différents modèles, en cuivre fondu, avec pointes têtes d'anges. Clous à crochets, pour intérieurs de petits meubles, clous à rosaces, à têtes de lion, à étoiles.

133 — Un lot de cuivres estampés à jour et ciselés, pour garnitures de glaces.

134 — 22 douzaines de boutons en cuivre estampé à jour.

OBJETS DIVERS & PENDULES

135 — Un vase en corne de rhinocéros, garni de filigranes d'argent. Travail oriental très-fin.

136 — Une petite colonne en fer damasquiné d'or. Ornements très-fins du xvi⁰ siècle.

137 — Très-jolie petite armoire fermant à deux portes, montée sur son pied. Tiroirs à l'intérieur. Travail très-fin en laque de Chine. Haut. totale, 28 cen

138 — Deux éventails en ivoire sculpté et découpé, avec peintures de l'époque de Louis XV.

139 — Quatre petites coupes en cuivre émaillé de l'époque de Louis XV.

140 — Un lot de 36 pièces, médailles et monnaies de billon, étrangères et françaises.

141 — Une paire de couteaux orientaux.

142 — Deux stylets ou dagues italiennes en fer.

143 — Un dessus de coffret en cristal de roche, taillé à facettes, monté en caissons sur ébène, enrichi de nielles très-fines.

144 — Très-joli petit sabre avec son fourreau garni de bagues en cuivre doré. La lame est en damas, la poignée plaquée d'écaille est enrichie sur chaque face de bouquets de lis en or de couleur. Un serpent mobile en acier forme la garde. Cette arme est attribuée au comte de Chambord comme lui ayant appartenu dans son enfance.

145 — Six clefs en fer ciselé. Travail très-fin du xvi⁰ siècle.

145 *bis* — Plusieurs clefs moyennes. Ce lot sera divisé.

146 — Un vase de nuit en vermeil aux armes de l'empereur Napoléon Ier, portant le poinçon de Biennais, orfévre de ce souverain. Certificat à l'appui. Poids, 975 grammes.

147 — Une aiguière, faïence italienne.

148 — Un vase en faïence italienne, à reflets métalliques.

149 — Un plat en verre de Venise. Diam., 33 cent.

150 — Deux petits sceaux à anses mobiles, en verre de Venise craquelé.

151 — Une coupe creuse à godrons, en verre émaillé blanc, montée sur pied à filets d'émail blanc (verre de Venise).

152 — Un grand plat bleu ,verre de Bohême.

153 — Un lot de cinq pièces de verre de Venise.

154 — Une pendule dite religieuse, avec cadran et aiguilles en argent. Boîte d'ébène.

155 — Une boîte de pendule en écaille avec moulures en ébène et bronzes dorés, sans mouvement, de l'époque de Louis XIII.

156 — Une pareille à la précédente.

157 — Un très-beau cartel ou pendule d'alcôve en bronzes
dorés au mercure, de l'époque Louis XV.

158 — Petit mouvement de pendule Louis XVI.

159 — Très-belle boîte de pendule en ébène avec colonnes
et pilastres en marbre vert antique, garnie de très-
beaux bronzes ciselés et de statuettes ancienne (dorures
au mercure), style Louis XIII.

160 — Très-belle boîte de pendule garnie de marbres
d'une autre couleur. Même style que la précédente, et
ornée également de très-beaux bronzes et de magni-
fiques statuettes.

161 — Petite boîte de pendule de Boule, en marqueterie
de cuivre et écaille, garnie de bronzes dorés.

162 — Un mouvement de pendule dite religieuse.

163 — Devanture de pendule en cuivre doré avec son cadran émaillé.

164 — Un mouvement de pendule à tirage avec son cadran.

165 — Deux montres dont l'une est en argent et l'autre en
cuivre. Cuvettes à jour. Travail repoussé et ciselé du
xvie siècle.

166 — Un lot de 6 pièces. Boîtes et mouvements de montres en cuivre doré. Travail de la même époque.

167 — Deux tabatières en cuivre doré, repoussé et ciselé, dont l'une est ornée de lapis et de l'époque de Louis XV.

168 — Une petite tabatière en cuivre doré avec plaques émaillées, de la même époque.

169 — Deux petits chapiteaux très-fins en argent.

170 — Une plaque en cuivre estampé à sujets, et une autre en étain (travail très-fin de Briou).

171 — Sept beaux plats en cuivre estampé, avec médaillons à sujets, bordés d'ornements. Cinq anciens de l'époque de la renaissance. (Lot pouvant être divisé.)

172 — 2 vitraux allemands de l'époque du xvie siècle.

173 — Trois fragments de vitraux du xve siècle.

174 — Une paire de pistolets.

175 — Un coffret à bijoux, garni de velours gaufré, enrichi de verres filés flambés d'or. Le couvercle, à l'intérieur, représente deux sujets en verres de couleur (travail vénitien).

176 — Un petit coffret en ébène, niellé d'or, garni de glaces à biseaux.

177 — Une boîte et un étui en cuir rehaussé d'or.

ÉTOFFES & VELOURS

178 — Très-beau lot de velours de Gênes ancien, rouge cramoisi. Deux coupes de 4 m. 60 cent., ensemble 9 m. 20 cent., sur 1 m. 10 cent. de largeur; et une troisième coupe de 3 m. sur 55 cent.

179 — Une seule coupe de 9 m. 40 cent., sur une largeur de 65 cent., de velours de Lyon, rouge cramoisi avec trames de soie jaune. Imitation vieux Gênes.

180 — Un lot se composant d'étoffes de velours enrichies d'applications de tapisserie, mélangées de broderies de soie, et de vieilles étoffes en drap de couleur ornées d'applications.

181 — Lot de passementeries, de franges et de galons de toutes sortes.

LIVRES

182 — Livre d'architecture sur les cinq ordres, par Alexandre Francine, Florentin, ingénieur du Roy, daté de MDCXXXX, et contenant quarante planches gravées bien conservées.

183 — Livre représentant des animaux ornementés, à l'usage de l'architecture, par Joseph Boillot, avec texte selon leur antipathie, daté de 1592.

184 — Les Métamorphoses d'Ovide, ouvrage dédié à Diane de Poitiers, et daté de 1559, par Gabriel Syméonie.

185 — Officine ou Livre d'heures, précédé d'un almanach. Reliure ancienne, daté de 1530.

186 — Un autre livre d'heures sur parchemin, précédé également d'un almanach. Belle reliure ancienne. Ce livre est signé *Thielman Kerver*.

187 — Grand almanach royal. Belle reliure ancienne. Ouvrage daté de 1771.

188 — Livre renfermant des portraits de souverains orientaux, écrit en allemand et daté de MDCXLVIII. Reliure ancienne.

189 — L'Ancien et le Nouveau Testament, avec gravures
et texte, composé de 272 planches.

190 — Livre de chiffres et de lettres alphabétiques enla-
cés, par Charles Mavelot, et daté de **MDCLXXX**.

191 — Livre des antiquités sacrée et civile romaines,
84 planches gravées, avec texte, publication, MA VN ;
MDCCXXVI.

192 — Dizertazione sulle statue appartenenti alla fa-
vola di Niobe, a Sua Altezza Reale Pietro Leopoldo.
19 planches gravées. MDCCLXXIX.

193 — Livre, planches gravées, des cartes générales de la
monarchie de France.

194 — Plusieurs volumes, publications archéologiques des
monuments de Rouen, d'Amiens, cathédrale de
Paris, etc.

195 — Cent gravures anciennes, composées de motifs,
figures, sujets, vases, mascarons et ornements divers,
auxquels figurent les signatures des dessinateurs et
graveurs Audran, Berain, Cochin, Ducerceau, J. Le-
pautre, J. Marot, etc.

196 — Dessins et esquisses par Rembrandt et autres
maîtres.

197 — Quarante-quatre planches, publication moderne du
moyen âge.

198 — Cartons de dessins relevés sur les meubles de
Boule, utile aux marqueteurs et ébénistes.

TABLEAUX

199 — Portrait de mademoiselle Patterson, première
femme du prince Jérôme Napoléon, attribué à Amable-
Louis-Claude Pagnest, auteur du portrait de M. Nan-
teuil-Lanouville.

200 — Tableau représentant une scène d'intérieur de l'é-
poque de la renaissance.

201 — Portrait d'homme sur toile.

202 — Portrait d'une abbesse sur bois.

203 — Tête de femme sur toile.

RED.:

MIRE ISO N° 1
NF Z 43-...
AFNOR
Cedex 7 - 92080 PARIS-LA-DEFENSE

graphicom

BIBLIOTHEQUE NATIONALE DE FRANCE

****

CHATEAU DE SABLE

1995